LA BELLE ARSÈNE,

COMÉDIE-FÉERIE,

EN TROIS ACTES,

MÊLÉE D'ARIETTES.

Les Paroles ſont de M. FAVART,

La Muſique eſt de M.   ***,

LA BELLE ARSÈNE,

COMÉDIE-FÉERIE,

EN TROIS ACTES,

MÊLÉE D'ARIETTES,

Représentée devant SA MAJESTÉ, à Fontainebleau, le 6 Novembre 1773.

DE L'IMPRIMERIE

De P. Robert-Christophe Ballard, seul Imprimeur pour la Musique de la Chambre & Menus Plaisirs du Roi, & seul Imprimeur de la grande Chapelle de Sa Majesté.

M. DCC. LXXIII.

Par exprès Commandement de Sa Majesté.

ACTEURS.

ARSÉNE,   La Dlle. Trial.

ALCINDOR, *Chevalier Fran-*
çois, Amant d'Arsène.   Le Sr. Clerval.

ARTUR, *Écuyer d'Alcindor.*   Le Sr. Nainville.

LA FÉE ALINE,   La Dlle. Moulinghen.

EUGÉNIE,   La Dlle. Desglands.

MYRIS,   La petite Desbroſſes.

LE CHARBONNIER,   Le Sr. Nainville.

QUATRE GARÇONS CHARBONNIERS.

NYMPHES DE LA SUITE D'EUGÉNIE.

DAMES ET CHEVALIERS.

EUNUQUES NOIRS.

La Scène eſt à Paris, & l'aƈlion ſe paſſe ſous le règne
de Henri Second & de Catherine de Médicis.

ACTEURS DANSANS.

PREMIER ACTE.

CHEVALIERS ET DAMES.

Le Sr. DESPRÉAUX.

Les Srs. Rogier, Léger, Laval fils, Trupty.

Les Dlles. Godot, Lafond, Adeline, Delfevre.

SECOND ACTE.

NYMPHES.

Les Dlles. Godot, Adeline, Delfeve, Dubois,
Thédore, Jude.

EUNUQUES NOIRS.

Le Sr. MALTER.

Les Srs. Larue, Doſſion, Gigues, Giroux,
Laval fils, Guillet.

TROISIÈME ACTE.

NOBLES.

Le Sr. Lefevre.   La Dlle. Leclerc.

Les Srs. Rogier , Léger , Despréaux ; Davoigny, Giroux, Dossion.

Les Dlles. Julie , Cléophile , Constance; Adélaïde, Lafond, Dubois.

CHŒURS

DE LA MUSIQUE DU ROI.

LES DEMOISELLES

Desjardins.	Aubert.
Daigremont.	Favier.
Camus.	Bretin.
Dumas.	Reich.

LES SIEURS

FAUCETS. { Puceneau. / Becquet.

HAUTE-C. { Bafire, l'aîné. / Befche, cadet.

TAILLES. { Marcou. / Couffi.

BASSES. { Abraham. / Cuvillier. / Puteaux, / Joquet. / Durais. / Surville.

CHŒURS

DE LA COMEDIE ITALIENNE.

LES DEMOISELLES

Billioni.
La Buixiere.
3. Dlles. Lefevre.
Gaux.
Linguet.

LA BELLE ARSÈNE,

COMÉDIE-FÉERIE,

EN TROIS ACTES.

ACTE PREMIER.

(Le Théâtre représente un Sallon richement décoré.)

SCÈNE PREMIÈRE.

ALCINDOR.

ARIETTE.

AH ! Quel tourment
Pour un amant
Tendre & fidele !
Ah ! Quel tourment
D'aimer une beauté cruelle ,

A iij

Et fans efpoir d'être heureux en l'aimant.
J'ai vû de près la mort, & d'une ame intrépide
J'aurois bravé les enfers & les cieux ;
Mais j'aime, j'aime, & devant deux beaux yeux
Je fuis tremblant, je fuis timide.
Ce font mes Rois, ce font mes Dieux ;
Et de mon fort leur puiffance décide.

Mais quel tourment, &c.

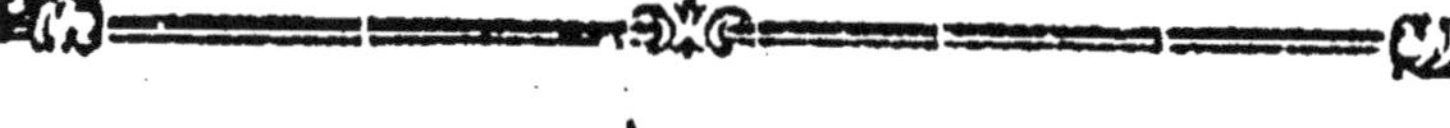

SCÈNE II.

ALCINDOR, ARTUR.

ARTUR.

C'EST mon cher maître ! On vous croyoit perdu.
A tous nos vœux vous voilà donc rendu ,
Votre départ étoit un grand myftère,
Même pour moi. J'en ai le cœur navré.

ALCINDOR.

Quand on veut voir un fecret ignoré ,
Il faut avoir grand foin de te le taire.

ARTUR.

Mais vous faviez qu'on donnoit un Tournois?
Vous euffiez fait briller votre vaillance.
N'avez-vous plus l'ardeur qui tant de fois ,
Vous fit nommer un des Preux de la France ?

ALCINDOR.

Mon cœur flétri par l'excès de fouffrance...

ARTUR.

C'eſt mal à vous: on vous a prévenu.
Un Chevalier étranger, inconnu,
Viſière baſſe, a paru dans l'arêne;
Et ſon cartel, noblement préſenté,
Annonce à tous que nulle autre beauté
N'eſt comparable à la beauté d'Arsène.

ALCINDOR.

Tout l'avantage étoit de ſon côté.

ARTUR.

ARIETTE.

Au bruit des tambours, des tymbales,
Des trompettes & des cymbales,
Ce Preux & galant Chevalier,
Se fait ouvrir fièrement la barrière;
Le nom d'Arsène étoit ſur ſa bannière,
Sur ſon écu, ſur ſon cimier.
Avec aſſurance,
Il s'avance;
Il pique un ſuperbe courſier,
Qui comme un trait part & s'élance.
Rien ne fait reſiſtance
A ce brave guerrier.
Autant de fois qu'il fournit ſa carrière,
Autant de Chevaliers roulent ſur la pouſſière
Fanfare à l'inſtant, mille cris
Célèbrent ſa valeur & la beauté d'Arsène:
On le mène en triomphe à notre auguſte Reine *;
De ſes mains il reçoit le prix.

ALCINDOR.

Et penſes-tu qu'Arsène ſoit flattée?...

* *Catherine de Médicis préſidoit aux Tournois.*

ARTUR.

Je n'en crois rien ; car tout lui femble dû ;
Sur fon orgueil elle eft fi haut montée ,
Que ce qu'on fait pour lui plaire eft perdu.

ALCINDOR.

Soupçonne-t-on quel eft cet inconnu ?

ARTUR.

Jufqu'à préfent, tout le monde l'ignore ;
C'eft quelque fou qui fans doute l'adore ;
Mais je ne fais s'il fera bien venu.

ALCINDOR.

Je le connois & j'ai fa confiance ;
Il aime Arfène avec extravagance.

ARTUR.

Eft-il bien vrai qu'il ait perdu l'efprit ?

ALCINDOR.

Mais à-peu-près.

ARTUR.

Ah ! C'eft vous mon cher maître !
Je m'en doutois , mon cœur me l'avoit dit ;
Et j'aurois dû dabord vous reconnoître ;
Je vais par-tout en faire le récit.

ALCINDOR.

Garde-t'en bien. Je te remets ce gage * ;
Tu vas conduire ici nos Chevaliers.
La belle Arfène en recevra l'hommage.
On doit toujours préfenter les lauriers
A qui nous fait infpirer le courage.

ARTUR.

Vous défendez de dire votre nom ?

_____

* *Il lui donne un riche braſſèlet de diamans.*

ALCINDOR.

Expreſlément.

ARTUR.

La choſe eſt difficile.

ALCINDOR.

Et néceſſaire.

ARTUR.

Eſt-ce bien tout de bon?

ALCINDOR.

Oui.

ARTUR.

J'obtiendrois peut-être mon pardon.

ALCINDOR.

Non ; pour jamais loin de moi je t'exile.

ARTUR.

Quoi ! loin de vous ? Je mourrois dans ce cas ;
Mais je mourrai , ſi je ne parle pas. (*Il ſort.*)

SCÈNE III.

ALCINDOR.

SI mon ſecret étoit connu d'Arsène,
Je paroitrois en exiger le prix ;
Et ſi ſon cœur n'approuve pas ma chaîne ,
Je gémirai ſans être moins épris.

SCÈNE IV.

ALINE, ALCINDOR.

ALINE.

CONSOLEZ-vous , reconnoiſſez Aline.
Vous méritez un ſort moins rigoureux ;
Eclairciſſez l'humeur qui vous domine ,
Brave Alcindor ; je protège vos feux.

ALCINDOR.

Puis-je eſperer un ſecours généreux ?

ALINE.

Il eſt un jour, un ſeul jour dans l'année ;
Où , par les loix de notre deſtinée ,
Notre pouvoir demeure ſuſpendu.
Sans vous ma vie eût été terminée.
Je m'en ſouviens..

ALCINDOR.

J'ai fait ce que j'ai dû.

ALINE.

Et moi je veux adoucir votre peine.
Non, non, jamais un bienfait n'eſt perdu.

ALCINDOR.

Changez, changez pour moi le cœur d'Arſène.

ALINE.

Tout mon pouvoir ne peut rien ſur un cœur ;
Mais par degrés il faut que je l'amène

Jufques au point de fentir fon erreur.
Je ne veux pas contraindre ma filleule ;
Je l'aime trop.

ALCINDOR.

Ne cherchez que fon bien,
Et tout entier facrifiez le mien,
Ma vie encor.

ALINE.

Mon Arsène eft bégueule ;
C'eft un travers qui vient de vanité.
Pour la changer, l'Amour eft le feul maître.
Indifférente, une jeune Beauté
N'eft pas parfaite, & croit cependant l'être.
L'encens lui femble un tribut mérité.
Mais quand l'Amour vient à fe faire entendre,
Lorfqu'un Amant a l'art de l'émouvoir,
La défiance alors vient la furprendre,
De fes défauts la fait appercevoir.
La modeftie annonce une ame tendre,
Avec ardeur elle tâche d'avoir
Ce qu'elle croit qui lui manque pour plaire;
Et dès qu'on veut refondre un caractère,
C'eft à l'Amour qu'appartient ce pouvoir.

ALCINDOR.

De ce portrait Arsène eft le contraire.

ALINE.

De fots amants tournent fans ceffe autour;
Ils l'ennuîront, je vous le certifie :
C'eft un grand point. Etant jeune & jolie,
Affez fouvent l'ennui mène à l'amour.

ALCINDOR.

Et fi je fuis le premier qui l'ennuie ?

ALINE.

Je l'avoûrai, vous êtes languiſſant ;
Mais vous ſçavez vous rendre intéreſſant.
Votre valeur eſt par-tout exaltée ,
C'eſt près d'Arsène un titre fort puiſſant :
De votre hommage elle ſera flattée.

ARIETTE.

Il ne faut pas vous alarmer:
Un tems vient qu'on eſt moins ſévere.
Lorſque l'on cherche à tout charmer,
On eſt bien près de s'enflâmer;
Et toujours le deſir de plaire
Annonce le beſoin d'aimer.
C'eſt en vain que la plus rebelle
Contre ſon cœur voudroit s'armer ;
Penchant d'amour naît avec elle ;
Penchant qu'on ne peut réprimer.
Par ſes efforts elle décèle
Le feu qu'elle croit renfermer.
 Il ſuffit d'une étincelle
  Pour l'allumer;
Et l'Amour, d'un ſeul coup d'aîle,
  Sçait l'animer.
Il ne faut pas vous allarmer, &c.
 Veut-on de ſa maitreſſe
 Soumettre la fierté ;
 Il faut avec adreſſe
 Piquer ſa vanité.

ALCINDOR.

Non, non, je n'ai, pour vaincre ſa fierté,
Que mes ſoupirs, mon reſpect, ma tendreſſe.

ALINE.

Hon ! le reſpect eſt bon, mais modéré.

Je vois de loin , en qualité de Fée ,
Un siècle heureux où l'esprit éclairé
Érigera nos faveurs en trophée ,
Et la Beauté , facile dans le choix ,
N'attendra pas le hazard d'un Tournois.

ALCINDOR.

Il faut au moins mériter une Belle.

ALINE.

Croyez-vous donc cette loi bien formelle ?

ALCINDOR.

Oui.

ALINE,

C'est selon.

ALCINDOR.

Comment ?

ALINE.

Il se pourroit
Qu'une Beauté trop long-tems attendroit.
On perd ainsi le beau tems de la vie.
Mon cher enfant , je vous le dis bien bas :
La patience est une duperie.

ALCINDOR.

Tout Chevalier hardi dans les combats
Devient timide , & tremble auprès des Dames.

ALINE.

Cet abus-là ne subsistera pas.
Quand on est Fée , on connoît bien les femmes.
Arsène ici doit se rendre bientôt.
Mon bon ami , soyez un peu moins gauche :
Piquez-la même.

ALCINDOR.

Ah , grands Dieux !

ALINE.

Il le faut.
D'un fade amour triste & mauvaise ébauche,
Sçachez de moi, Chevalier si fameux,
Que quelquefois, poliment téméraire,
Un Amant doit être un peu hazardeux.
L'art de l'amour tient de l'art de la guerre.

(Il sort.)

SCÈNE V.

ALCINDOR, *seul.*

AH! tous mes jours seront donc malheureux!

ARIETTE.

Le désespoir m'entraîne,
Il déchire mon cœur;
Amour, dont la rigueur
Appesantit ma chaîne,
Es-tu Dieu du bonheur?
Non, non; tu n'es qu'un Dieu de rage & de fureur.

Malheureux Alcindor,
Ton esperance est vaine;
Ton bras te reste encor
Pour terminer ta peine.

J'adore une inhumaine;
Je n'attends que la mort
Pour terminer mon sort;
Je n'attends que la mort.

Le désespoir m'entraîne, &c.

SCÈNE VI.

ARSÈNE, ALCINDOR.

ARSÈNE.

ENFIN, Monfieur, vous voilà de retour.

ALCINDOR.

Du même trait ayant l'ame percée...,
Vous feule étant l'objet de ma penfée...

ARSÈNE.

'Ah, quel ennui! parler encor d'amour!
De vingt Amans je me trouve obfédée.
Tout entrepris, l'un m'aborde en tremblant ;.
Son pauvre efprit, fans avoir une idée,
Refte en chemin & s'éteint en parlant,
Après m'avoir bètement regardée.
Plus fot encore, un autre leftement
S'imagine être une bonne fortune,
Et fe croit fûr de m'en procurer une ;
En voulant trop brufquer le fentiment.
D'un ton pédant un troifième s'exprime,
Et, beau parleur, il penfe être fublime,
Et me féduire en difant platement
Que fon amour eft fondé fur l'eftime.
Que ne l'eft-il fur mon amufement?
Enfin de tous je me vois la viƐime,
Et leur ennui m'affiége à tout moment.
J'en découvre un encor pour mon tourment.

ALCINDOR.

'Aucuns portraits ne font égaux aux vôtres,
C'eft m'ordonner de vous fuir.

ARSÈNE.

Franchement,
Vous me plaifez un peu plus que les autres:
J'ai le bonheur de vous voir rarement.

ALCINDOR.

Je fuis touché de ce doux compliment.

ARSÈNE.

Tous mes parens vous trouvent fort aimable.

ALCINDOR.

Vous me voyez d'un œil bien moins flatteur.

ARSÈNE.

En vérité, la chofe eft admirable!
Mes parens font les honneurs de mon cœur.

ALCINDOR.

Sans cependant vous trouver plus traitable.

ARSÈNE.

ARIETTE.

Non, non; j'ai trop de fierté
Pour me foumettre à l'efclavage:
Dans les liens du mariage
Mon cœur ne peut être arrêté.
Non, non; j'ai trop de fierté
Pour me foumettre à l'efclavage.
A des égards l'hymen engage;
Je chéris ma liberté;

Je prétends en faire usage ;
Ma regle est ma volonté.
On perd son autorité ,
Dès l'instant qu'on la partage.
Non, non ; j'ai trop de fierté , &c.

ALCINDOR.

Je vois qu'il faut renoncer à vous plaire.

ARSÈNE.

Pour réussir , qu'avez-vous ofé faire ?
N'avez-vous pas abandonné ces lieux,
Lorfqu'au tournois vous auriez dû paroître.

ALCINDOR.

Par vos mépris vous m'avez fait connoître
Que mon afpect vous étoit odieux.

ARSÈNE.

Odieux ! non ; mais, quoi qu'il en puiffe être ,
Pourquoi venir encor vous préfenter ?

ALCINDOR.

Je viens ici pour vous féliciter.

ARSÈNE.

De quoi, Monfieur ?

ALCINDOR.

On dit que de la joûte
Un inconnu vient d'obtenir le prix.
Il vous le doit : vous l'infpiriez fans doute ;
De fes fuccès je ne fuis pas furpris.

ARSÈNE.

En êtes-vous jaloux ?

ALCINDOR.

Non , au contraire.

B

ARSÈNE.

'Au contraire !

ALCINDOR.

Oui,

ARSÈNE, *à part.*

Voudroit-il me piquer ?
Eh bien ! Monſieur , puiſqu'il faut m'expliquer ,
Il me plaît fort.

ALCINDOR.

Dieux ! pourroit-il ſe faire ? ..

(*On entend un prélude de marche.*)

ARSÈNE.

Quel bruit entends-je , & qu'eſt-ce que je vois ?

ALCINDOR.

En devez-vous concevoir des alarmes ?
C'eſt , à coup sûr , l'inconnu du Tournois
Qui vient ici rendre hommage à vos charmes.

SCÈNE VII.

Les Acteurs précédens, ARTUR, CHEVA-
LIERS ET DAMES, *qui forment un
divertissement. On apporte des faisceaux
de lances brisées, des écus & des casques
rompus, témoignages de la victoire rempor-
tée par l'inconnu du Tournois. Les Dames
ont des couronnes de roses ; les Chevaliers
des palmes & des lauriers. Après un pas de
deux d'un Chevalier & d'une Dame , qui
présentent leur couronne à la belle Arsène,
Artur lui vient offrir un riche braffelet de
diamants, en chantant les paroles suivantes,
sur l'air de la marche.*

ARTUR.

ARIETTE.

Nous venons en ces lieux, de la part du vainqueur,
Déposer à vos pieds le prix de son courage.
    Il vous doit son hommage ;
    Vous animiez son cœur.
    Sans oser paroître à vos yeux,
Son respect, son amour vous présentent ce gage.
    S'il a votre suffrage,
    Son sort est glorieux,

B ij

ARSÈNE.

Un si beau prix n'est dû qu'à sa valeur :
Je n'en dois pas partager l'avantage.
Si j'acceptois un si brillant hommage ,
On se croiroit quelques droits sur mon cœur.
Que ce présent soit remis à son maître ,
Et dites-lui qu'il soit bien convaincu ,
Que mon desir n'est pas de le connoître.
Ce Chevalier , s'il eût été vaincu ,
M'exposoit donc à partager sa honte ?
Il est vainqueur ; mais s'il a prétendu
Un autre prix, c'est en vain qu'il y compte.

ARTUR.

Oh ! pour le coup , me voilà confondu.
(A Alcindor, voulant lui remettre le brasselet.)
Eh bien , Seigneur ! présentez donc vous-même.

ALCINDOR, *le repoussant.*

Tu m'as trahi !

ARSÈNE.

Ma surprise est extrême.
Comment ! c'est-vous, Monsieur ?

ALCINDOR.

Je suis perdu !
J'avois voulu vous en faire un mystere ,
Et malgré moi le secret éclaté ..
Ce que j'ai fait, un autre eût pû le faire,
Je ne dois pas en tirer vanité.

ARIETTE.

La Beauté fait toujours vôler à la victoire ;
Jusques aux Cieux son triomphe est porté,

Et fans l'efpoir de p a re à 'a Beauté,
On ne connoîtroit point tout le prix de, la gloire.
(Le Chœur répet: les mêmes paroles.)

ALCINDOR.

Sexe charmant, fexe enchanteur!
Vou, infpirez la fierté du courage :
Les talens & les arts, tout devient votre ouvrage.
Vous difpofez de notre cœur.
C'eft vous, qui d'un fouffle de flâme,
C'eft vous qui nous créez une âme.
A la Nature on doit le jour ;
C'eft à vous que l'on doit l'Amour.
(Avec le Chœur.)
La Beauté fait toujours vôler à la victoire, &c.

ARSÈNE, *à part.*

Je vois qu'il veut me forcer à l'aimer.
(Haut.) Plus que jamais je dois vous eftimer.
Ce fentiment, Monfieur, doit vous fuffire.
J'ai des raifons que je ne puis vous dire.
Aimez toujours, mais ne nous voyons plus.

ALCINDOR.

Oui, Je fuivrai vos ordres abfolus.
Quel fort fatal ! quel charme infurmontable
M'a fait aimer cet efprit intraitable !

ARSÈNE.

Son air foumis m'attendrit malgré moi ;
Mais c'eft un piége, il veut donner la loi.

SCÈNE VIII.

ALINE, ARSÈNE.

ALINE.

MA chère enfant, ton intérêt m'amène ;
Je te chéris.

ARSÈNE.

Ah ! ma chere marreine ,
Je vous revois !

ALINE.

On vante ta beauté ;
Mais on se plaint de ta sévérité :
J'entends par-tout s'écrier : qu'elle est belle !
En même tems on dit : qu'elle est cruelle !
Si la sagesse est un premier devoir ,
Ma belle enfant , toutes tant que nous sommes ,
Nous avons tort d'éloigner trop les hommes.
Sans eux , Arsène , aurions-nous du pouvoir ?
Les hommes seuls nous élèvent des temples.
Eh ! pourquoi donc les mettre au désespoir ?
Je ne t'ai pas donné de tels exemples.

ARSÈNE.

A parler vrai : cette foule d'Amans
Fait un obstacle au bonheur de ma vie.

ALINE.

Tu me surprends : cela tient compagnie ,
Et fait par fois passer de doux momens.

ARSÈNE.

Non pas à moi,

ALINE.

Mais véritablement;
Tu paroîs trifte ?

ARSÈNE.

Il eft vrai, je m'ennuie.

ALINE.

Par-tout l'Amour eft un amufement.

ARSÈNE.

Il veut régner ; c'eft une antipathie...

ALINE.

Que te fert-il d'être jeune & jolie ?
Bien loin de toi chacun s'eft retiré.
De tes Amans va déchirer la lifte
Tous ont bien fait. Que t'eft-il demeuré ?
Le fot orgueil, compagnon dur & trifte,
Bouffi, mais fec ; ennemi des ébats ,
Il renfle l'âme & ne la nourrit pas.
Si tu pouvois trouver quelqu'un d'aimable.

ARSÈNE.

Je ne le puis. Tout m'eft infupportable.
Defirez-vous faire en effet mon bien?

ALINE.

Je le defire & te le jure.

ARSÈNE.

Eh bien !...

ALINE.

Ouvre ton cœur, efpere tout d'Aline.

ARSÈNE.

Enlevez-moi de ce maudit féjour :
Je veux aller à la fphère divine,
Faites-moi voir votre fuperbe Cour :
Je ne faurois fupporter ma famille,
Ni mes amis. J'aime affez ce qui brille ;
Le beau, le rare ; & je ne puis jamais
Me trouver bien que dans votre Palais ;
Dans ce Palais où la Beauté domine,
Dans ces jardins, ce féjour plein d'attraits ;
Où les defirs font toujours fatisfaits.

ALINE, à part.

Nous y voilà.

ARSÈNE.

C'eft ma feule efpérance.

ALINE, à part.

Elle voudroit partager ma puiffance !
(Haut.)
Le repentir ....

ARSÈNE.

Non, non ; je ne me plais
Qu'à ranger tout fous mon obéiffance.

ALINE.

L'ambition entraîne des regrets.

ARSÈNE.

Je ne veux point qu'un Amant me captive.
Je refte libre, & primer eft mon goût.
Permettez-moi ....

ALINE.

C'eſt me pouſſer à bout.
Tu le veux donc? Si malheur t'en arrive,
Je te dirai : c'eſt toi qui l'as voulu.
De ce qu'on a ſottement on ſe prive,
Pour trouver mieux.

ARSÈNE.

C'eſt un point réſolu.

ALINE.

De mes États deviens donc Souveraine ;
Mais réfléchis. Songe, en faiſant ce choix,
Que je te ſers pour la derniere fois.
Tu m'attendras dans la ſalle prochaine ;
Prépare-toi, va faire tes adieux.
J'ai quelques mots à dire en Amérique,
Dans un inſtant je reviens en ces lieux,

SCÈNE IX.

ARSÈNE, *seule*.

JE vais jouir d'un pouvoir despotique !

ARIETTE.

Est-il un sort plus glorieux ?
Sous mes pieds je verrai la terre,
Je marcherai sur le tonnerre
Et je regnerai dans les Cieux.

Je triomphe, je suis Reine,
Je m'élève au-delà des airs ;
Je commande en Souveraine
Et je plane sur l'univers.

Est-il un sort plus glorieux ?
Sous mes pieds je verrai la terre,
Je marcherai sur le tonnerre,
Et je règnerai dans les cieux.

Fin du premier Acte.

ACTE SECOND.

*(Le Théâtre repréſente des jardins enchantés.
On y voit des caſcades , des ſtatues , un
étang , ſur lequel ſe promènent des cygnes.
On entend le chant des oiſeaux.)*

SCÈNE PREMIERE.

ARSÈNE, *ſeule*.

ARIETTE.

L'ART ſurpaſſe ici la Nature.
Brillant Palais , ſéjour digne des Dieux ,
Gazons naiſſans, jardins délicieux ,
  Où Flore étale ſa parure ;
  Boccages frais , ornemens de ces lieux ,
Ruiſſeaux qui careſſez avec un doux murmure
  Le tendre émail de la verdure ,
Sans affecter mon cœur , vous enchantez mes yeux.

Je ne vous vois qu'avec indifférençe ;
J'éprouve une triste langueur.
Je cherche l'ombre & le silence,
Et le néant est dans mon cœur.

Ici j'exerce mon empire :
Tout m'obéit, & je soupire !
Ai-je encore à former des vœux ?
J'attendois un sort plus heureux.

L'Art surpasse ici la Nature, &c.

SCÈNE II.

ARSÈNE, EUGÉNIE.

EUGÉNIE.

MADAME ici cherche la solitude,
Et se dérobe à notre empressement.

ARSÈNE.

Oui, laissez-moi respirer un moment.

EUGÉNIE.

Vous m'alarmez par votre inquiétude,
Vous voyez tout d'un œil indifférent.

ARSÈNE.

Eh non ! J'ai vu cet immense portique,
D'or ciselé dans un goût tout nouveau,
Les raretés de ce brillant Château,

Ces grands jardins : c'eſt un miracle unique.
Et j'ai trouvé tout paſſablement beau ;
Mais voir enfin toujours la même choſe,
Toujours, toujours.

EUGÉNIE.

Que Madame propoſe,
Et nous pourrons varier ſes plaiſirs.

ARSÈNE.

Oui, variez.

EUGÉNIE.

Quels ſeroient vos deſirs ?
La promenade, ou la pêche, la chaſſe,
La Comédie, un Acte d'Opéra ;
Même en Été, des traineaux ſur la glace ?
Imaginez. Il n'eſt rien qu'on ne faſſe.

ARSÈNE.

Eh ! mais… La chaſſe ? Elle m'amuſera.

SCÈNE III.

CHŒUR *de Chasseresses qu'on ne voit point*, ARSÈNE, EUGÉNIE.

CHŒUR.

A la chasse, à la chasse, à la chasse, à la chasse;
Vôlons à la chasse :
Nos chiens sont prêts,
Tendons les rêts,
Courons les guérêts,
Perçons les forêts,
Armons-nous d'audace;
Lançons nos traits.
Vôlons à la chasse.

EUGÉNIE.

Partons à l'inftant :
Un char vous attend.
La quête eft faite,
L'écho répète
Le bruit du cor.
La chaffe eft prête.
Qui vous arrête,
Qui vous arrête encor?

CHŒUR.

Vôlons à la chaffe, &c.

SCÈNE IV.

EUGÉNIE, ARSÈNE.

ARSÈNE.

MAIS parcourir les plaines & les bois,
Cet éxercice est pénible, je crois,
Et convient mal à ma délicatesse.
Pour le présent je suis d'une foiblesse. ...
N'y pensons plus.

EUGÉNIE.

Faites un autre choix.

ARSÈNE.

Je ne le puis.

EUGÉNIE.

En quoi peut-on vous plaire ?

ARSÈNE.

Je n'en sais rien.

EUGÉNIE.

Comment vous satisfaire ?
Incessamment notre zèle, nos soins...
Et notre ardeur, Madame...

ARSÈNE.

Ayez-en moins.

EUGÉNIE.

Notre respect. ...

ARSÈNE.

Votre respect m'ennuie.

EUGÉNIE.

Que voulez-vous ?

ARSÈNE.

Je veux être obéie.

EUGÉNIE.

Commandez-nous ; dans l'inſtant on vous ſert.

ARSÈNE.

Je veux un bal... Non , je veux un concert.

SCÈNE V.

ARSÈNE, EUGÉNIE.

(*Des Nymphes viennent exécuter un concert de voix &*
d'inſtrumens qu'Arsène interrompt.)

ARSÈNE.

C'EN eſt aſſez : éloignez-vous , Meſdames.

SCÈNE VI.

ARSÈNE, EUGÉNIE.

ARSÈNE.

QUoi ! pour chanter vous n'avez que des femmes ;
Point d'homme ici : quelle affreuse langueur !
Je trouve bon que l'on me traite en Reine ;
Mais sans sujets, à quoi sert la grandeur ?
Si la beauté peut rendre souveraine,
Les hommes seuls connoissent son pouvoir.
Ils sont tous nés pour remper sous sa chaîne ;
C'est leur destin, c'est leur premier devoir.
On les méprise, & l'on veut en avoir.

EUGÉNIE.

Vous en voyez, & chacun d'eux s'empresse
A célébrer notre auguste maitresse.

SCÈNE VII.

EUGÉNIE, ARSÈNE, EUNUQUES *Noirs.*

Danses des Eunuques Noirs.

ARSÈNE, *après leur danse.*

ILs me font peur. Quel est ce troupeau noir?

EUGÉNIE.

C'est ... une espece ... employée en Asie,
Ou par le luxe, ou par la jalousie.

ARSÈNE.

Renvoyez ça. Je ne saurois les voir.

SCÈNE VIII.

ARSÈNE, EUGÉNIE.

EUGÉNIE.

DE la paisible & douce indifférence
Nous habitons le tranquile séjour,
Et l'on admet ici sans consé juence
Ces étres vains . . . faits pour la dépendance;
Pour nous servir, pour effrayer l'Amour.

ARSÈNE.

Je ne veux point de ces gens à ma Cour.
Autant vaudroit règner sur des statues.
J'en remarque une au milieu du jardin :
Elle paro t fouler avec dedain
Des cœurs, un arc & des flèches rompues :
Son air est fier.

EUGÉNIE.

Elle va s'exprimer,
Et d'un regard vous pouvez l'animer.

ARSÈNE, *à la statue.*

Voyez le jour ; vivez, s'il est possible.

(La statue se transforme en une jeune fille
d'environ dix ans.)

SCÈNE IX.

ARSÈNE, EUGÉNIE, MIRIS.

EUGÉNIE.

DE la beauté tout reſſent le pouvoir :
Son charme eſt ſûr , elle fait tout mouvoir.
Vous commandez , & le marbre eſt ſenſible.

MIRIS.

RÉCITATIF.

Quel éclat a frappé mes yeux !.;
Eſt-ce moi ? J'agis & je penſe…;
Je revois la clarté des Cieux,
Par quelle divine puiſſance
Ai-je repris ma premiere exiſtence?

ARIETTE.

Je ſens ſous ma main
Palpiter mon ſein.
Je renais, je reſpire une âme;
Je ſens mon cœur, il s'élance , il s'enflâme.
C'eſt pour aimer que je reviens au jour,
Mon cœur s'agite , il s'élance , il s'enflâme,
Je reſpire une âme & l'Amour,
L'Amour, l'Amour!
O Dieux ! eſt-il poſſible
Que ce cœur inflexible

Devienne fenfible,
Et foupire après lui?
Oui, oui.

Je fens fous ma main
Palpiter mon fein, &c.

ARSÈNE.

L'Amour!

EUGÉNIE.

Quel mot eft forti de fa bouche !

ARSÈNE.

Elle n'eft pas encor dans fon printems !

MIRIS.

Je paroîs jeune, & j'ai plus de cent ans.

ARSÈNE.

Cent ans !

MIRIS.

Jadis mon cœur étoit farouche,
Et j'ai perdu de précieux inftans.
Je me fouviens que dans mon jeune tems,
Certaine Fée, à qui je fus trop chere,
Me fit un don ; c'étoit le don de plaire.
Graces, talens, beauté, l'art de charmer ;
Ce fut mon lot : mais il falloit aimer.
Pour le bonheur, c'eft un point néceffaire.
Sans rien aimer, la vie eft un néant.

ARSÈNE.

Et votre cœur fut fenfible ?

MIRIS.

Au contraire.
Vaine, fuperbe, un orgueil méprifant
M'avoit rendue indifférente, altiere,

N'aimant que moi, détestant les amans,
Je me plaisois à faire leurs tourmens.
Pour m'en punir, je fus changée en pierre.

ARSÈNE.

Vous me jettez dans un étonnement...

MIRIS.

On mit un terme à mon enchantement :
Il étoit dit qu'une Beauté plus fiere
Rendroit un jour mes yeux à la lumiere;
Et je vous dois ce bienheureux moment.

ARSÈNE.

Cette aventure est assez singuliere.

MIRIS.

Vous me voyez sous ma forme premiere.
Je me retrouve à l'âge de dix ans.
Je recommence aujourd'hui ma carriere,
Et je promets d'employer bien mon tems.
Adieu, Madame, adieu; je vous rends grace.
Un doux espoir fait palpiter mon cœur :
Je cours, je vôle où m'attend le bonheur;
Et vous pouvez figurer à ma place.

(*Montrant le piédestal qu'elle a quitté.*)

EUGÉNIE, *à Arsène.*

Vous paroissez troublée ?

ARSÈNE, *à part.*

Un juste effroi...

EUGÉNIE.

Daignez, Madame...

ARSÈNE, *impatientée.*

Encore ! Ah ! laissez-moi.

SCÈNE X.

ARSÈNE, *seule.*

ARIETTE.

EH quoi ! l'Amour est-il un bien suprême !
Pour être heureux il faut donc que l'on aime ?
Amour, Amour ! subirai-je tes loix ?
  Mais qui peut mériter mon choix ?

    Charmans oiseaux de ce bocage,
    Qui voltigez sous ce feuillage,
    Vous célébrez votre bonheur ;
    Votre brillant ramage
    Rétentit dans mon cœur ;
    Votre brillant ramage
    Annonce le bonheur.

    Ils suivent leurs desirs ;
    Ils chantent leurs plaisirs :
    Et je n'ai que des peines.
Je vois sur l'argent des fontaines,
    Des Cygnes amoureux,
    Deux à deux.
Du tendre Amour tout m'offre la peinture ;
Je vois l'Amour dans toute la Nature.

    Amour, Amour ! subirai-je tes loix ?
    Mais qui peut mériter mon choix ?

C iv

L'ennui m'accable & mon cœur se dessèche.
Par-tout ailleurs je serois beaucoup mieux.
Je n'y tiens plus . . . J'apperçois une brèche ;
Me voilà seule & loin de tous les yeux ;
Abandonnons un séjour odieux.

(*ARSÈNE franchit la brèche du mur. Le Théâtre
change & représente un desert affreux, entre-coupé
de rochers contre lesquels se brisent des torrens.
Dans le fond est une epaisse forêt ; il règne une nuit
profonde, & l'on ne voit le lieu de la Scène qu'à
la lueur des éclairs.*)

Fin du second Acte.

ACTE III.

SCÈNE PREMIÈRE.

ARSÈNE, *seule.*

ARIETTE.

Où suis-je ! Quelle nuit profonde !
Malheureuse ! où porter mes pas ?
L'orage, le tonnerre gronde…
Quel bruit ! Quels terribles éclats !

Aline, Aline, hélas ! pardonne.
Au feu redoublé des éclairs,
Je ne vois que d'affreux déserts,
Des torrens… La mort m'environne.

(Le tonnerre tombe sur un arbre qu'il brise : Arsène
pousse un cri perçant, se jette à genoux, se couvre
le visage d'une main & tend l'autre vers le Ciel.)

Ah !

(Après un long silence, pendant lequel l'orage cesse & le tems s'éclaircit :)

Je me meurs ! Aline m'abandonne :
Je vais finir mes tristes jours !

(Elle apperçoit un Ours , qui traverse le Théâtre pour regagner la forét.)

Un monstre ! Au secours, au secours !

(Elle monte sur un rocher :)

Au secours ! La mort m'environne !
Au secours ! Au secours ! Au secours !

SCÈNE II.

ARSÈNE, un CHARBONNIER.

LE CHARBONNIER, *chantant & sifflant au loin sans être vu.*

EH ! nargue du chagrin ;
Nous aurons de bon vin.

ARSÈNE.

J'entends … je crois voir …

(Les paroles qu'elle dit ensuite sont chantées & se joignent à la chanson du Charbonnier ; ce qui forme une espèce de Duo.)

Venez à mon aide , au secours.
A l'aide ! sauvez-moi.

LE CHARBONNIER *defcend d'une coline,*
un bâton d'une main, une lanterne de l'autre.

Eh ! nargue du chagrin ;
Nous aurons de bon vin.

ARSÈNE.

Prétez l'oreille à ma voix gémiffante.

LE CHARBONNIER.

L'orage , le tonnerre
Fait mûrir le raifin.

ARSÈNE.

Venez diffiper mon effroi.

LE CHARBONNIER.

Nous aurons de bon vin ,
Nous boirons à plein verre.
Eh ! nargue du chagrin ;
Nous aurons de bon vin.

ARSÈNE.

Je fuis foible … je fuis mourante.

LE CHARBONNIER.

Heu ! Qui va là ? Qu'eft-ce que j'apperçois ?
C'eft une femme !

ARSÈNE.

Hélas ! Qui que tu fois ,
Par charité viens adoucir ma peine.

(Elle defcend du rocher à l'aide du Charbonnier.)

Vois en pitié le malheur qui me fuit.
Je fuis tremblante, égarée , incertaine ,
Et je ne fais où paffer cette nuit.

LE CHARBONNIER, *l'examinant.*

Où la paffer ? Parbleu ! dans mon réduit.
Elle eft drolette & faite de maniere …

Raſſurez-vous. J'aurois grand tort, ma foi,
De l'expoſer à la dent meurtrière
Des ours , des loups. Je n'ai qu'une chaumiere ;
Mais vous aurez un bon gîte chez moi.

ARSÈNE.

Ah ! mon ami !

LE CHARBONNIER.

    Votre ami ! Bon augure,
Oui , votre ami : bientôt je le ſerai ;
C'eſt mon deſir , chere enfant , & je jure
Que dans l'inſtant je vous le prouverai.

ARSÈNE.

Un tel bienfait aura ſa récompenſe :
Oui, ſois certain de ma reconnoiſſance.

LE CHARBONNIER.

J'y compte bien ; mais, mais, dites moi donc ;
En ce déſert ſi jeune & ſi bien miſe ,
Que cherchiez-vous ? Quel étrange démon
Vous fait aller dans cet état de criſe ,
Pendant la nuit, à pied , ſans compagnon ?
Au coin du bois vous voyez ma maiſon ;
Çà , donnez-moi votre bras , ma mignonne.
On recevra ſa petite perſonne ,
Comme on pourra. J'ai du lard & des œufs.
Toute Françaiſe , à ce que j'imagine ,
Sçait, bien ou mal, faire un peu de cuiſine.
Je n'ai qu'un lit ; c'eſt aſſez malheureux.

ARSÈNE.

Que dites-vous ?

LE CHARBONNIER.

    Ne faites pas la mine ;

Tout ce que j'ai , je l'offre de bon cœur ,
Et sans façon.

A'RSÈNE.

Vous penfez ! . . quelle horreur !

LE CHARBONNIER.

Il ne faut pas faire la mijaurée :
Lequel des deux enfin doit commander?
Je fuis chez moi , vous êtes égarée :
Par conféquent vous devez me céder.

ARSÈNE.

Qui ? moi céder !

LE CHARBONNIER.
Êtes-vous mariée ?

ARSÈNE.

Que vous importe ?

LE CHARBONNIER.
Ayez le ton plus doux ,
Si vous voulez que je fois votre époux.

ARSÈNE.

Puis-je à ce point me voir humiliée !

LE CHARBONNIER.

Dans vos regards j'apperçois du dédain ;
Je n'aime point qu'on foit impertinente,
Répugnez-vous à me donner la main ?

ARSÈNE.

Très-fort.

LE CHARBONNIER.

Hé bien ! Vous ferez ma fervante.

ARSÈNE.

Votre fervante !

LE CHARBONNIER.

Eh ! mais il le faut bien.
De deux partis qu'enfin je vous propofe,
Lequel vous plaît ? Je ne vous gêne en rien ;
Mais il faut être utile à quelque chofe.

ARSÈNE.

Affurément vous êtes bien groffier.

LE CHARBONNIER.

Je fuis poli moi comme un Charbonnier.
Ne faites pas ainfi la renchérie ,
Vous trouvant feule au milieu de la nuit ,
De bonne-foi, vous conviendrez , ma mie ,
Que vous devez devenir mon profit.

ARSÈNE.

Peut-on plus loin porter l'excès d'audace !

LE CHARBONNIER.

Hein ? Quoi ? Plaît-il ? Vous faites la grimacé.
Je vous crois fière. Oh ! fi je vous déplaîs ,

Vous êtes libre ; & je vous débarraſſe
De ma figure. Adieu, dormez en paix.
Adieu, bon ſoir.

ARSÈNE.

Eh de grace ! De grace !

LE CHARBONNIER.

Eh non ! Pourquoi ? Je vous gêne, vous laſſe ?

ARSÈNE.

Reſtez. (*A part.*) Que dis je ?

LE CHARBONNIÉR.

Eh bien ! décidez-vous.
Je ne ſuis pas ſi méchant que les loups.

ARSÈNE.

Je vous ſuivrai.

LE CHARBONNIER.

Vous voilà plus ſoumiſe.
Quand on a peur, tout orgueil s'humaniſe.
Ah, quel plaiſir ! Ce petit bijou-là
En un Palais va changer ma caverne.

(*Il chante & laiſſe tomber ſa lanterne.*)

La, la, la, la.... Ramaſſez ma lanterne ;
Ramaſſez-la, vous dis-je.

ARSÉNE.

La voilà.
Comment pourrai-je éviter ?.. Quel supplice !

LE CHARBONNIER *appelle ses garçons.*

Holà , Silvain , Pataut , Dubois , Noiraut !
(*A Arsène.*)
Ce font les gens qui font à mon fervice.
Je veux qu'ici chacun vous obéiffe ;
Et qu'après moi... Silvain , Dubois , Pataut !
Ces coquins-là tardent bien à paroître ;
Oh ! je les vas...

SCÈNE III.

ARSÈNE, LE CHARBONNIER, SILVAIN, PATAUT, DUBOIS, NOIRAUT.

SILVAIN.

ME voilà.

NOIRAUT.

Me voici.

DUBOIS.

Que voulez-vous?

PATAUT.

Que vous plaît-il, not' maître?

LE CHARBONNIER.

Au premier mot, je veux être obéi.

PATAUT.

Oui.

LE CHARBONNIER.

Tôt ou tard il faudra que j'assomme
Quelqu'un de vous.

ARSÈNE.

Ah, quel homme! quel homme!

LE CHARBONNIER.

Que faisois-tu?

D

SILVAIN.

Je viens de la forêt,
Chercher du bois.

LE CHARBONNIER.

Toi?

NOIRAUT.

J'allumois la lampe,

LE CHARBONNIER.

Toi, grand flandrin?

PATAUT.

Moi? j'avons une crampe,

LE CHARBONNIER.

Attends, attends. (*Pataut se sauve à toutes*
jambes.) Mon souper?

NOIRAUT.

Sera prêt

Dans l'instant.

LE CHARBONNIER.

Bon : un couvert pour Madame,
Respectez-la : c'est ma douzième femme,

SCÈNE IV.

LE CHARBONNIER, ARSÈNE.

LE CHARBONNIER.

En attendant, repofez-vous ici.
L'air eft plus frais, le ciel eft éclairci.
(Elle s'affied.)

ARSÈNE.

Si vous vouliez avoir la complaifance
D'écouter...

LE CHARBONNIER.

Qu'eft-ce ? En deux mots finiffez.

ARSÈNE.

Vous ignorez mon rang & ma naiffance.
Je fuis...

LE CHARBONNIER.

Jolie ; & pour moi c'eft affez.

ARSÈNE.

La Fée Aline eut foin de mon enfance.

LE CHARBONNIER.

Aline ou non, qu'importe ?

ARSÈNE.

Mais...

LE CHARBONNIER.

Eh bien !

D ij

ARSENE.

Sans me connoître ?

LE CHARBONNIER.

Oh ! cela n'y fait rien,
Après la noce on fera connoiſſance.

ARIETTE EN DUO.

ARSÈNE.	LE CHARBONNIER.
Ah! reſpectez mon deſtin ri- goureux ; Ayez un cœur ſenſible & gé- néreux. N'abuſez point de ma foi- bleſſe extrême : Il eſt ſi doux de faire des heureux ! En obligeant, on s'oblige ſoi-même. Si yous m'aimez ,	Votre fort n'eſt point rigou- reux, Puiſqu'il eſt vrai que je vous aime, Rendez mon cœur ſenſible & généreux. On doit toujours ſe plaire à faire des heureux ; Je trouve bon votre ſyſtème : En obligeant , on s'oblige ſoi-même. Répondez donc , répondez à mes vœux.
 Ah ! reſpectez mon deſtin rigoureux ; Ayez un cœur ſenſible & généreux. N'abuſez pas de ma foibleſſe extrême ; Il eſt ſi doux de faire des heureux ! En obligeant , on s'oblige ſoi-même.	Oui , parbleu! je vous aime, Votre fort n'eſt point rigou- reux , Puiſqu'il eſt vrai que je vous aime. Je goûte fort votre ſyſtème. Il eſt bien doux de faire des heureux, Mais en commençant par ſoi- même.

ARSÈNE, *avec beaucoup de retenue & de*
ménagement.

C'eſt l'amour ſeul, & non l'autorité,
Qui de mon ſexe adoucit la fierté.
L'Amant ſupplie & n'agit point en maître.
Par les égards, le reſpect, la douceur,
Avec le tems il ſçait gagner un cœur.
Eſperez tout de vos ſoins; & peut-être...

LE CHARBONNIER, *bruſquement.*

Moi, comme un ſot, aimer avec fadeur !
Le mâle doit gouverner la femelle :
C'eſt la raiſon, c'eſt l'ordre, c'eſt la loi.
Ces agrémens qui te rendent ſi belle,
Si fière... dis, ſont-ils formés pour toi ?
Non, c'eſt pour l'homme. Or j'en ſuis un, je croi.
Donc j'ai des droits : ne ſois pas ſi rebelle.
Allons, allons, cher tréſor de mon cœur,
Çà, plus de bruit; ſoyons de bonne humeur.
Embraſſons-nous. (*Il veut l'embraſſer*).Qu'avez-vous,
chere amie ?

ARSÈNE, *effrayée.*

Je n'en puis plus... La fatigue, la peur...

LE CHARBONNIER.

Pour réchauffer, ranimer votre cœur...
(La pauvre enfant eſt preſque évanouie).
Vous allez boire un verre de liqueur.
J'en vais chercher.

(*Il ſort.*)

D iij

SCÈNE V.

ARSÈNE, *seule.*

Jusqu'où va mon malheur !
Il est comblé ! Dieux ! quelle différence !
Qu'il est brutal & déplaisant ! Encor...
Si c'étoit lui , si c'étoit Alcindor ,
Dans mon état je prendrois patience:
Cher Alcindor ! ton amour outragé...
Mon repentir... Tu n'es que trop vengé !
Oui, je l'aimois : c'est cet orgueil extrême ,
Qui fut toujours si contraire à moi-même...
Dois je subir mon déplorable sort ?
Ah ! je n'ai plus d'autre espoir que la mort,

(*Elle se laisse tomber sans connoissance sur un banc.*
Le Théâtre change & représente un Sallon super-
bement orné pour une Fête. Arsène paroît endormie
sur un riche Canapé.)

SCÈNE VI & derniere.

ARSÈNE, ALINE, ALCINDOR ;
Dames & Chevaliers, chantans & danfans.

CHŒUR.

Triomphez, cher Alcindor,
Triomphez, l'Amour vous couronne.
Triomphez, cher Alcindor ;
Un cœur qu'il donne
Eſt un tréſor.

ALINE, *montrant Alcindor.*

Il oublie Arſène,
Cette Beauté vaine,
Il oublie Arſène,
Il rompt ſes nœuds.
Un nouvel objet l'enchaîne,
Et l'Amour comble ſes vœux.

CHŒUR.

Triomphez ; cher Alcindor, &c.

(*Arſène ſe réveille pendant ce Chœur, paroît
étonnée & marque la plus grande attention.*)

ARSENE, *avec inquiétude.*

Pour qui ces chants, tous ces apprêts, ces jeux ?

ALINE.

Pour Alcindor : il se marie.

ARSENE.

O Dieux !
Alcindor !... lui !... (*A part.*) Je suis désespérée.

ALINE, *ironiquement.*

Excusez-moi : je vous ai retirée
Pour un moment d'un séjour plein d'attraits,
Où les désirs sont toujours satisfaits.
Mais en ce jour votre auguste présence
Doit honorer les noces d'Alcindor.
Un Charbonnier gémit de votre absence ;
Je vais vous rendre à son impatience.
Demain, ce soir, vous reprendrez l'essor.

ARSÈNE.

Que dites-vous ! ô ma chere marreine ?
Quoi ! votre cœur peut jouir de ma peine !
Ah ! par pitié.... si je fus jusqu'alors
Impérieuse & trop enorgueillie,
Je m'en repens, sans m'en croire avilie ;
L'âme s'éleve, en avouant ses torts.

ALINE.

Voilà l'orgueil que je trouve excusable :
Tout autre égare & devient méprisable.
(*En lui préfentant Alcindor.*)
Mais Alcindor, cet Amant rebuté !....

Je m'intéresse à sa félicité.
Je lui procure une femme charmante,
Plus belle encor par sa simplicité,
Douce , attentive, honnête, prévenante.
La modestie embellit la beauté.

ARSÈNE, *regardant tendrement Alcindor
& avec une espèce de confusion.*

Ai - je des droits pour en être jalouse ?
(*A Alcindor.*)
Epousez - la ; je l'ai trop mérité,
Cher Alcindor ! l'excès de vanité . . . .

ALCINDOR.

Quel changement !

ALINE, *à Arsène.*
C'est donc toi qu'il épouse ?

ALCINDOR, *avec transport.*

C'est mon espoir , & si vous consentez . . . .
Si votre cœur a surmonté la haîne . . . .
Ah ! que mes vœux ne soient pas rejettés.

ARSÈNE.

Qu'entends - je ?

ALCINDOR.

Arsène ! O ma divine Arsène !
C'est à vos pieds . . . . décidez de mon sort.
J'attends de vous ou la vie, ou la mort.

ARSÈNE.

Reçois ma main , fois mon fouverain maître :
Je fuis à toi , je vois un nouveau jour ;
Je me croyois au-deffus de mon être.
Dieux ! quelle erreur ! il me manquoit l'amour ,
Et c'eft toi feul qui me le fais connoître.

ALINE.

Que falloit - il à ton cœur ? Qu'il voulût ,
Qu'il fût fenfible , & qu'Alcindor lui plût.

ARIETTE EN *DUO.*

<table>
<tr><td>

ARSÈNE.

J'ai donc tout ce que je
    defire ;
Alcindor fera mon bonheur.
Si je peux reguer fur fon
   cœur ,
Je ne veux jamais d'autre
   empire.

</td><td>

ALCINDOR.

J'obtiens tout ce que je defire.
Arfène fera mon bonheur.
Regnez à jamais fur mon
   cœur ;
Je me foumets à votre empire.

</td></tr>
</table>

ALCINDOR.

C'eft à vous de régner fur moi.

ARSÈNE.

Vous regnerez entor plus fur moi-même.

ENSEMBLE.

Je fuivrai toujours votre loi;
C'eft à vous de regner fur moi.
Obéir à ce que l'on aime,
Il n'eft point de plus douce loi.
Vous regnerez toujours fur moi,
Et ce fera mon bien fuprême.

CHŒUR.

A l'Amour livrez vos cœurs,
Tendre Alcindor, charmante Arsène.
A l'Amour livrez vos cœurs,
Il vous enchaîne
Avec des fleurs.

ALINE.

Puiffance fuprême,
Tréfors, Diadême;
Puiffance fuprême,
Vous n'êtes rien.
On a tout, lorfque l'on aime !
L'amour feul eft le vrai bien.

CHŒUR.

A l'Amour livrez vos cœurs, &c.

ALCINDOR, ARSÈNE.

Tendre Amour, unis nos cœurs,
Et dans ton fein confonds nos âmes;

Pour jamais unis nos cœurs.
Pour nous tes flâmes
Sont des faveurs.

ARSÈNE.

Que ta douce ivreſſe ,
Dieu de la tendreſſe ,
Que ta douce ivreſſe
Charme nos ſens.
Quelle flâme enchantereſſe !
Quels plaiſirs plus raviſſans !

CHŒUR.

Tendre Amour, unis nos cœurs,
Et dans ton ſein confonds nos âmes;
Pour jamais unis nos âmes.
Pour nous tes flâmes
Sont des faveurs.

(On danſe.)

FIN.

9 782019 202576